안녕하세요
,저의 이름은

Hello
,I am

윤소정 시집

Hello

,I am **안녕하세요** ,저의 이름은

중간 / Intermission

우주의 절정 / Climax of the Universe

끝 / Ending

삶의 의미를 찾고 있는 그대에게

To you, who are looking for the meaning of life

처음
Beginning

환일현상

태양은 많은 것을 비추고 있다
봄의 기운으로 붉어진 볼,
곧 우리들 하얗게 질린 모습까지

손가락 여럿 접어 다시금 왔다
계절 어딘가에 멈춘 날들,
차분한 하늘에 여러 얼음 조각들

뜻하지 않게도
태양으로
우리들 민낯이
다각도로
하늘에 눈멀다

태양은 많은 것을 말하고 있다
여러 파편으로 깨진 내일,
곧 위기를 맞이할 우리 모습까지

습관적 불안 접지 않고 왔다
너무 태연하게 감춘 날들,
이제는 독하게 되감는 그 상처들

바라지 않아도
태양으로
조각들 표면이
다각도로
산산이 깨지다

어쩜 우리가 자연을 부순 것 같다

위기의 태양

예정된 운명
그리고
의문의 의미

The Sun of Crisis

Undeniable Fate
and
Question on Meanings

빅뱅

열꽃이 핀 이유를 찾기 위해
시작점으로 돌아가려 하지만
열병이 도진 때를 잊기 위해
애썼던 노력, 갚을 힘 없다

온도가 낮으면 숨 머물기 괜찮을 텐데

편리를 도용해 불안만 가중될까
선불리 권태로운 의미를 그렇게
변명을 이용해 몸을 웅크리고 회피한다

열꽃이 핀 지금에 살기 위해
결합점으로 돌아가려 하지만
위기를 도모해 마음만 팽창

치료가 늦은 틈 사이를 이렇게
독감을 이용해 위기 강요한다

묻었던 근본, 격한 몸부림으로 운명을 받아들인다

꼬리별

실패에 서 있는 삶은
긴 꼬리를 가진 별 닮아
여운에 갇혀 있다
포기에 멈춰 선 숨은
먼 역광만 있을 뿐
꼬리별 같을 수 없다
실패에 서 있는 숨은
먼 불꽃을 아는 별 닮아
섭리의 불씨 된다
갈등에 멈춰 선 삶은
긴 후회만 있을 뿐
깨달음 있을 수 없다
꼬리별 같은 부서짐인지
자신에 눈부신 현상인지
공식이 필요하다

실패에 서 있는 삶은
긴 꼬리를 가진 별 닮아
침묵에 갇혀 있다
포기에 멈춰 선 숨은
먼 광채만 빌릴 뿐

꼬리별 같을 수 없다
실패에 서 있는 숨은
먼 비행을 아는 별 닮아
까슬한 잔해 된다
갈등에 멈춰 선 삶은
긴 기도만 남을 뿐
불안함 있을 수 없다
먼지로 되돌아가는 건지
자신에 과한 안정감인지
알아야만 하겠다

백야

눈을 감지 않아도 괜찮을까요

싸해진 공기에 시간 붙잡아
숨길 수 없는 공복이 다가와서
서둘러 눈을 감으려 합니다

아찔했던 일상들에 흠칫 놀라고-

구름으로 태양의 모습 붙잡아
숨길 수 없는 불빛이 일어나서
어디도 어둠이 오지 않는

오래도록 머물 것 같은 백야입니다

어린 양 반복해서 세어봐도
구조하는 이야기가 계획에 없어
서투른 생각 내일을 향합니다

눈을 뜨고 있어도 괜찮을까요

하얗게 머물 것 같은 백야,
하얗게 질린 것 같은 마음
내일의 극복을 또 서투름으로-

어떻게 막을 수도 없는 걸까요

파괴력과 잠재력

무서움을 가지고 있나요,
그것을 바라볼 수 있습니까?

서러움을 가지고 있나요,
그것을 내보낼 수 있습니까?

오늘도 아침은 거실 앞까지 와서
그대의 하루를 시작하려고 합니다

준비가 안 된 그대를 겨우 깨우고
마음의 가시들 드러내려고 합니다

무서움을 가지고 있나요,
그것을 바라볼 수 있습니까?

잘못된 잣대로 생각들 또 부수고
마음의 구멍, 커지게 두는 겁니까?

서러움을 가지고 있네요.
절벽 끝보다 더 잔인한 것-

이중의 잣대로 자신을 더 망치고
마음의 커튼을 닫으려고 하네요

그대의 내제된 힘이 아직 남아서
아직 자신을 아낄 수 없는 거겠죠

구역

내가 나 되는 곳
어느 한 기준점이 아닌
엄격하고 나쁜
습관이 상처 만드는 곳

나를 잊어가
나를 버려가

내가 나 되는 곳
어느 해 분기점이 아닌
아름답고 슬픈
모습이 몸부림치는 곳

나를 버려가
나를 쓸어가

이제 더 이상 쓸모 있는 이유
상상력으로는 한계,
나를 쓸어가
구역질 나

아름답고 아픈

현실의 세계 이루는 곳

이제 이 구역에서 나의 이유

상상력으로는 불가능한 것

싫다, 나로 살기가

모자이크

여러 조각 투과한 형태
알 수 없는 사람이기에
불필요한 의심은 없다
듣지 못할 음성이기에
불성실한 판단도 그만

여러 색깔 조합한 벽면
알 수 없는 운명이기에
무감각한 눈빛은 없다
쏘아보고 피해보고 노려보고 숨어보고

시 감각으로 짐작하지
형형색색 뒤에는 회색이 따라온다
시차가 무섭지 않을
어떠한 위력일 뿐이라고

7 감각으로 깨우치지
형형색색 뒤에는 회색이 따라온다
시차를 머금은 빛들
그림자가 죽어가는 시기에도 발산할까

여러 색깔 가득한 벽면
알 수 없는 기도이기에
더 이상 답답한 시야를 해방시켜
저항으로 얼룩진 사상 뒤집는다

여러 조각 투과한 형태
알 수 없는 사람이기에
내적 상상 깨어난다
그냥 예술로 침묵하기엔
마음이 아픈 작품으로-

7 감각으로 느껴보며
모자이크 처리된 지금 반성한다

안녕하세요 ,저의 이름은

관심의 물줄기

햇살이 비추는 창가에 작은 화분, 축전이 있습니다. 선인장은 메마른 식물이라고만 알았는데 알고 보니 물과 바람도 필요한 존재였습니다. 아득한 사막에 방치한 저의 침침한 편견이 참으로 우습네요. 가시 돋친 마음을 가져서 선인장 같다고 혼자서 비관했던 말을 문대서 없애야겠습니다. 이러한 강인한 생명력을 의미한 것이 아니었으니까요.

물 한 모금, 시원한 바람에 털어낼 수 있는 상처가 있었으면 합니다. 상처는 기억으로 증식되어 지울 수 없는 흉터가 되잖아요. 지나칠 수 없는 대화, 익숙하게 들리는 웃음소리. 사랑하는 마음으로 담은 순간들이 가시 돋친 선인장꽃으로 피어납니다. 이렇게 오래도록 자라나기를 뜻하는 것이 아니었는데요.

아무래도 의연한 인정으로부터 떨어지는 물줄기 인지할 때 가시의 성장을 멈출 수 있을 것 같습니다.

운명

운명을 담은 시어가 존재하지 않을까?

모든 것을 포기하고 내려놓은 마음이
새벽의 적막한 공원에 혼자 발걸음을 센다
스치는 나뭇잎 마주치는 생각
이전에는 왜 몰랐을까, 반가운 상황이
담아진 '침묵' 시어가 운명이지 않을까?

운명의 명암은 새벽의 색깔 정도로
그리 밝지 않다고 하고 싶다

그저 침묵이라는 시어가 반가웠다

운명을 말할 순간이 다가오지 않을까?

지난 일을 바라보고 이해하는 마음이
하늘의 붉어진 구름에 서둘러 귀가를 한다
스치는 나뭇잎 마주치는 생각
새로움 없이 불면으로 이어진 며칠이
담아진 '걱정' 시어가 운명이지 않을까?

어제를 알아야 해결할 수 있다고…
조금 쉬고 싶다고 하고 싶다

잠시 걱정이라는 시어에 포근했다

한계

하루에 해낼 수 있는 일
깊은 호흡에 명상하는 일
과부하 오류로 멈춘 생각
불면 시간에 헤매는 생각

일과 생각에는 언제나 한계가 있다

체력을 다하여 달리는 일
결국 삶을 잃을 듯 멍하고
부서진 유리 조각 같은 생각
목적의 목적 찾고만 싶은 건지

일과 생각에 괴리가 서둘러 찾아왔다

위기1

비극이다
이기적으로 살아가면 고통의 모든 것
덮어질 거라 머리를 조작했는데
느린 장단으로 떠오르는 태양
힘껏 몸을 짓누르는데, 고장을 초래한다

꿈을 사려는 계획 대신에 노동을
사려는 계획서만 존재하니까
미래를 달라고 하지 않았고 글을
쓰려는 생각했을 뿐인데 말이다

빈자리는 매번 새로운 형태로 채워지며
그 의미를 구현하지만
다시 의의는 질문으로 돌아오며
자리가 비좁은 공기는 퍽퍽할 뿐이다

Dear Mom

You are the only life link
Some goals I had was not greater than
your sacrifice. So,

I wanted to protect our boundary,
never gave up because of the money

I just hated the dim constellation
of our family and the future

However, when we embrace, feel cozy and warm

Life was busy that we ran without time
to reminisce

I dreamed of having stable house
As you know, squeaking room was the cause

I still mourn the vague writings
which make unstable future

Anyway, how can we find our lost time

Even if I don't win a medal in
a long running race, will definitely honor your
love and sacrifice. So,

please stay here and wait for me forever

Fairy Tale

Fairy is a fiction, ever after

A cut on fingertip through the pages
get drenched by tragic tears

Looking for a medicine to cure:

noticing that not enough to endure anxious time

A cut on fingertip through the scenes
get drenched by tragic wills

Found the red medicine to care:

to realize the unreliability of pure
and remember about old fairy tale

Now the end, story counts the scars
'What could be told by this story?'

Even though, fairy is a fiction,

simple lesson is needed for cure

Indeed, shall start own tale

Expiration Date

Nothing in the book has changed
But skin got moldy with tiredness,
bothering the cliche

Feeling of I have faded
The words got heavy with creativeness
which lost sense

Thoughts dig at cliche hole
maybe the expiration date has been updated
Thoughts cry at blue mold
so, let's just say
every matter runs toward the end

Nothing in the book has changed
But eyes got dusty with tiredness,
bringing the blank

Feeling of I have faded
The poems got moldy with faultiness
which left crack

Thoughts dig at cliche hole

so, let's just say

every sense is running toward expiration date

A-Maze

Somehow caught in a maze,

the mystery got quest to solve

Freeze-Realize-Organize

Should go on to the solution,

the first and the last of action

Somehow caught in this life,

the process is like a game

Squeeze-Seize-Maze

Sudden Shower

Sudden shower on top of heart,
cool and more. Maybe wanted the day
to cry or just upset
Rain lullaby seems to break heart

Rain pours down, all over
Fine and more-
rain drops' vibration gets harder

Don't ask why as a consolation
Don't try to be done with some drips

Sudden shower on top of heart,
cool and less. Maybe waited the day
to stop or just rest
Rain lullaby seems to break heart

Rain pours down, all over pain
Much and more-
tear drops' vibration gets faster

Don't think, stand there for drops

Tropical Night Kiss

There is nothing to say,

for the long shadow of I

When still the Sun is bright

The proper word is not said

for messed sky: clouds like doodles

Cause 'coming up roses' is fault

But ease mind and tropical night kiss-

There is nothing to say

for the pale face of I

...

The proper word is not said

for entangled highway: people with tempers

There 'legal ethics' have been lost

Exhale and then tropical night kiss-

Void of long shadow, sometimes be fault

but could be a destined right

Joke

Wish it was a joke

Most could handle private issue
'the bitterness of coffee,
the sweetness of scone'
and answers fulfill with flavor

But could not handle small rumor

Most would handle social issue
'the bitterness of free,
the sweetness of home'
and answers kill the universality

Rumor would break the neighbor

Wish that was a joke

얼음

카페에 앉아있다. 얼음 얼음

조각 하나에 침묵을 깨고
희미한 미소를 짓는 그대
길가 지나는 사람들 보고
시선은 다시 커피를 향해

와그작 와그작
낯선 분위기 깨려는 걸까
차분히 얼음을 씹고
무슨 이야기 하고픈 걸까
복잡한 생각 스치는 듯하다

얼음 얼음

다시 얼음에 긴장을 풀고
이제야 시선을 주는 그대
커피 한 모금 생각을 접고
확실한 결심을 내린 듯하다

무슨 이야기 생각한 걸까,
만나고 헤어지는 평범한 그런 것?
하지만 위치는 자신이 정하는 것
- 이제 결정짓는다

과거형에 동의하지. 얼음 땡

소우주

말에 의미가 없어서 삼키고
표현 의지가 좁아서 줄인다

머리 안에 작은 우주가
점점 자라나 나는 침묵한다

중력을 거슬러 우주에 또 우주를
폭발시키고 정적에 또 정적을

집의 의미를 찾으러 떠나고
삶의 의지를 억지로 만든다

지구 안에 작은 우주가
점점 부풀어 나는데…

마치 소행성의 궤도 이탈
소음뿐인 지구를 벗어난다

어떤 누구도 무시하지 못할
나의 저장된 소우주
그저
하고 싶은 말들을 아낀다

바울로부터

불안하니까 괜찮다

그대 눈치를 안 보려 하지만
어디를 가도 칼 든 시선 있다
또 강한 척을 하려 하지만
누구든 봐도 탈 쓴 연기자이다

그대 소속을 물으려 한다면
있다고 세게 소리 지르면 된다
또 궁금해서 물으려 한다면
이방인 그렇게 답을 하면 된다

집은 없다

이제 무엇을 말하고 싶은지
마음을 보면 칼 든 의미 있다
어떻게 쓰고 싶은지, 찾으러 떠나라-
우주가 그대에게 무너질 것이다

충돌을
알아차려야 한다

선글라스 시점

무서운 사람 두 명 그리고
연약한 사람 네 명

검은색 숲 사이 아스팔트에 앉아
노곤하게 광합성 중,
자외선을 받으며 풍경 둘러본다

불쾌한 사람 두 명 그리고
우스운 사람 네 명

검은색 풍경 속 높게 선 나무가
여유롭게 광합성 중,
자외선이 박힌 바람이 녹는다

괴물의 사람 여럿 그리고
여기 똑같은 한 명

선글라스는 언제나 선글라스 시점에 있다

검은색 숲 사이 아스팔트에 앉아
어둡게 색칠하는 중

검은색 뒤 검은 눈동자로 돌아가
신중하게 완성해야 한다

이러한 사람 두 명 그리고
저러한 사람 네 명

집중

완전치 못한 내가 면박을 주었군
조금 집중할 걸 미안하네

나 그대 우리 1인칭
누구 누가? 3인칭

의도치 않은 미숙한 말들 뱉었군
조금 집중을 하지 다음번에

우위를 독점한 1인칭
침묵이 구형된 3인칭

포화하는 지성에 관심 협박하고
독이 든 자극제 심장에 꾸역꾸역
마음으로 부정 탐하지 않았는데
오해한 것이 아니라면 미움이군

즉사를 위장한 1인칭
진심을 받아낸 3인칭

1인칭이 1인칭을 미워해서 뭣하나,

누가 누구를 과연 집중하나 싶네

의식으로 비판을 내뱉지 않았는데
오해한 것이 사적인 책임 됐군

무심히 버린 말들 피해를 주었군
쉽게 또 사과하지 미안하네

누아르

차분하게 앉아 구름 비친 커피 두 모금
마음으로 빚진 장면들에 용서를 구한다

불편하게 웃는 모습 떠오른 커피 한 모금
진심으로 대하는 위로는 어디도 없을까

웃겨줄 거면 같이 웃고
지겨운 거면 잔인하게 굴고
방아쇠를 당겨라

의미가 사라진 생각, 계속 잇는 두 마디
커다란 정의를 바라는 것이 아니라

지금의 마음에 울어버릴 것 같아 그렇다

울어줄 거면 같이 울고
따분한 거면 마침표를 찍자
의미 있는 존재를 위해
진실을 피해 방아쇠를 당긴다

합격

하루 넘어 다음으로 호흡하며 생각해본다
합격이 언제 있었는지
노력으로 일궈낸 순간들에 만족했는지

없었던 것 같다
곡예 하듯 위태롭게 휘청이며
합격의 문틀 부닥치고
시퍼렇게 멍든 엄지발가락에 울었을 뿐

하루 담아 다음으로 무겁게 걸어가본다
인정은 찾아오는 건지
언젠가는 스스로 관대해질 수 있는지

어려울 것 같다
상처로 걸음에 망설임이 가득 물들어
합격의 문턱 높아지고
자신의 마음도 훔쳐보게 되었다

필요한 존재

언제나 어두운 현관
필요할 때 켜지지 않는
형광등 때문에
허기진 아침을 괴롭히는
일상의 시작부터 난관이다

어두운 현관 나서면
비로소 환히 비추는 집
기다려 주지도
기다리는 사람도 없는데

언제나 나서는 현관
필요할 때 켜지지 않는
존재감 때문에
배부른 이상을 비웃고는
매일의 끝은 비관이다

뭐든 비난을 하면
자신과 같은 형광등 탓

기다리는 사람도 없는데

형광등을 바꾸는 것도 아깝다

향수

그림자 밟혀서 으깨진 향기

지독한 혼자의 시간 퍼졌을까
헛기침 섞인 연민 눈초리가
심장 박동을 위험하게 자극한다

옷깃이 바람에 빼앗긴 냄새

씁쓸한 빈속에 커피만 있는데
잘못이 없는 재빠른 눈치가
땀에 젖어 얼버무리며 사과한다

어정쩡한 삶에 값싼 변명들로
연장되는 매일을 용서하는 걸까

이름에 그림자 드리운 판단

외로운 시간은 자학이 아닌데
실수도 없이 부풀린 상처가
이 작은 존재, 소심하게 만든다

향수를 뿌리고 위장한 향기

정의는 변함없이 잘 빗겨가
진단은 됐고 향에 유영해야겠다
의미 없는 튜브를 끼고 이렇게

대단한 꿈을 갖지 못하더라도
그럭저럭 취해서 살면 안 될까

그림자 밟혀서 으깨진 향기

자신에게 향수를 지독히 뿌린다

위기2

비극이다
가뭄으로 갈라진 땅에 더 이상의
빛이 필요 없는 것처럼
암흑으로 묻히는 오늘들에
어떠한 위로도 생기를 줄 수 없다

정오는 뜨겁게 달아올라 말들의 잿더미는
검게 그을려 쌓여간다
검은색 양산을 쓰고 어디로 또
찌푸린 얼굴을 하고 어디로
걸음은 대화의 길목을 따라
종착지 없는 화에 이끌리며
갈증은 이성의 좁은 길 따라,
결국 사람은 사람에 앓는다

문제이다
기회는 없고 기회를 만회할 것들만
남아서 마음을 괴롭힌다
"죄는 없고 자신을 위했다" 존재할 수 없는
말들을 퍼붓는다
"왜" 답은 언제나 비었고

자신도 채우지 못하는 답인데,

원하는 의미 찾지 못하고

자신이 거짓임을 증명해 나간다

Lost Smile

Something is wrong in the edge

Tickling laugh is gone and

empty consolation become the image

Every failure wanting to be found

wait a long shadow boundary

Sympathy of gloom is also needed

Someone is missing in the visionary

Crying smile is now mad,

long wilderness resembles distorted face

I better jump, in the end

Lost humor in echoes;

sorry of own-self replaces the smile

Cement

So each timing was an error
Had tried to become someone of
someone's flaw and sway together

Both was pouring the cement,
covering the cracks as if it was the answer

Silent farewell, don't think of
cemented relationship
-heated structures are not well

So that moment was an error
When pretended to overcome much of
own sorrow and enjoy that for ever

After all, construction with cement
blamed the ignorance as it was the matter

Silent farewell, must get off
promised reconstruction
-repeated faults are not well

Hesitate

Time for concern is needed
Ending of own won't be leaped,
it will take patience for the true story

Regret brings another obsession
and trouble is always there
Hesitate for the next chapter,
nothing is solved without selection

one second as one minute
two second as ten minutes

Time for concern is needed
Silence of own won't be ignored,
it will withstand for another story

Select among debris of concern
since trouble is always there
Replay to step back for another

story would take next rational solution

Hesitate

one second as one minute

two second as ten minutes

Hunger

Daily consideration, daily realization

Hunger, of diet for satisfied beauty
or of reality that cannot be exchanged

The word's meaning is definitely annoyed
to either thin gravity

Daily hard work, daily homework

Hunger, of diet for recognized beauty
or of reality that seems to be repeated

The word's meaning is buried
to deep internal universe
Mediation is not the issue
but need measures for us, all thin gravity

Can't Move On

Limited social standard chokes an eager

Can't move on because of own step,

not frightened but exhausted by gap

Artistic regulation vs. Artistic outsider

things are so obvious

Limited social standard chokes an eager

Can't move on because of own step,

not frightened but exhausted by gap

Artistic regulation vs. Artistic outsider

things are so obvious

Desolation is not that curious

but need moves, to be an artistic thinker

Love on Fire

Goodbye⋯

Absence of compromise is the cause

Love should be understood,

not giving faults to great issue

Reason is that lack of firewood-

Problems wouldn't be revealed,

by solving hurts as own responsiblity

Goodbye⋯

Absence of complaint is the cause

Understanding should be talked,

to provide matches and make noises

Reason is that lack of firewood-

Love should be burned,

by alerting hurts to all reasonable

Goodbye

Goodbye?

Goodbye!

Good bye?

Comport of peace is the excuse

Love should be burned

Minor Chord

minor G

Sacrifice is just, pain is lonely
Isn't there a story of a worthwhile tragedy?
At anxious season, full of longing,
the Esther's power is in jeopardy
Only the Haman's power is rushing

Sacrifice is just, pain is orphan

minor Bb

Am consumed,
life impressions are summarized in one sentence

Each critique completed with the pen of sword,
there is no record of honorable suffocating pain

minor D

Only the sense of scars seems to be reviving

Poor souls wander aimlessly

-some where to where

Want to know how much more hunger I

must suffer cause the gloom is propagating

-every where to there

People play minor chord

중간
Intermission

금이 간 우주선

작은 삶의 테두리에
상처가 덧나서 수리해야 하지만
조급해하지 않겠습니다

급히 속력을 올리면
지금의 흠집이 커지기만 해서
어리석은 일이 되니까-

우주선에 금이 가서
수리 정거장을 찾아가야 하지만
서두르지 않겠습니다

차분히 비행하며 일상의 단조로움 그르치지 않게

언제나 그렇듯 천천히 가는 것이 좋겠습니다
억지로 속도를 올리지 않고
천천히 시간에 물들어 가는 것이 좋겠습니다

차가운 마음들을 하나씩 바라보듯 겸손하게

이해로 우울을 우러러보고
마음 속도에 맞추어 비행하는 것이 좋겠습니다

우주의 절정

방황의 잔해
그리고
소모된 의지

Climax of the Universe

Debris of Wander
and
Unfortunate Will

은하-하나

솔직함을 듣고 싶습니다

어디인지 모르고 깨어난 여기에서
어떠한 감정 없이 빛을 냅니다

누구인지 모르고 도착한 여기에서
익숙한 흐름에 질문도 하지 않고

짙은 먼지 된 모습처럼 지냅니다

어디인지 모르고 깨어난 여기에서
어떠한 느낌 없이 빛을 냅니다

누구인지 모르고 도달한 여기에서
이상한 숨결 답변을 기다리고

짙은 죽음 된 모습처럼 있습니다

그대의 이야기 듣고자 합니다
은하에
칠십억의

하나

어디인지 모르고 돌아온 자신에게
어떠한 감정을 가져야 하는지

솔직함을 듣고 싶습니다

은하-칠십억

진중함을 듣고 싶습니다

어디인지 모르고 깨어난 여기에서
어떠한 이유 없이 빛을 냅니다

누구인지 모르고 도착한 여기에서
빽빽한 눈빛에 질문도 하지 않고

짙은 먼지 된 모습처럼 지냅니다

어디인지 모르고 깨어난 여기에서
어떠한 방법 없이 빛을 냅니다

누구인지 모르고 도착한 여기에서
괴상한 자화상 답변만 기다리고

짙은 죽음 된 모습처럼 있습니다

모두의 생각 듣고자 합니다
은하에
칠십억의

칠십억

어디인지 모르고 돌아온 은하에서
어떠한 흐름을 따라야 하는지

진중함을 듣고 싶습니다

전력공급

마치 더위가 부족했던 듯
목마름의 끝을 보며 걷는다

세어 보기가 겁나서
늘어나는 걸음 잊으며 목표라는
발전기 돌린다

숨 가쁘게 세상의 모든 것
바라보고 태양을 응시해
하얗게 변해버린 나의 것
잡스럽고 너무 시끄럽다

바람 공급이 끊어진 듯
넘쳐나는 땀이 완력 잃었다

감당하기가 힘들어
지쳐가는 걸음 충전하며 목표라는
발전기 돌린다

숨 가쁘게 걸음의 모든 것
바라보고 태양을 응시해

하얗게 태워버린 발전기,
녹슬어 점점 느려진다

원래 전력이 한정됐던 듯
답이 없이 잠겨버린 퓨즈에

애썼다

안락

딱딱한 소파에 베개를 안고서
다리를 한껏 웅크리고
어색한 자세에 굳어
휴식 같은 시간들이 간다

이렇게 쉬어도 될까,
엄습하는 불안감
영원한 쉼이 선고된 듯한
현실 괴리감
이렇게 쉬면 안 되겠지

답답한 마음에 일어나 앉아서
머리를 산발로 감싸고
이상한 기류에 굳은
휴식 아닌 시간들이 간다

이렇게 놓으면 안 될까,
다가가는 안락함
불완전 자유 주어진 듯이
어색한 호흡
그렇게 편하면 안 되겠지

괜한 소리에 베개를 쥐고서
거짓말 같은 휴식, 날 세운다

추억에 대하여

깨질 듯이 아찔한 추억과 위로의
경계 그 위에서 위태로운 곡예를 한다

한 발자국 내디뎌 기억이
수면하는 곳으로 침수할 수 있다면…

이미 많이 아찔한 추억과 바람의
경계 그 사이에서 위험한 줄다리기 한다

한 발자국 내디뎌 사랑의
체취가 남은 심해로 침수하겠다
-추억이란 게 다시 향기로워진다면…

아직도 없는 뻔한 추억과 그러한
기억 이곳에서 아찔함 향해
하나 둘 풍덩, 명복을 빈다

일분 전

하지 못할 상황에 버려져
할 수 있는 것들을 잊는다
생각 못한 말실수 반복해
할 수 있는 사과를 놓친다

서로가 잊어가고 서로가 버린다

감당 못한 다음 정신 차리나
일 분을 다시 돌리는 것뿐이다
하지 못할 상황이 반복되고-

함께 못한 일들이 쌓여
할 수 있는 지금을 버린다
하지 못할 상황이 다급해
할 수 있는 사과를 잊는다

서로가 버리고 우리를 잊어간다

미안해 강요하는 세상의 강박증
상황에 놓여
할 수 있는 일 분을 엿본다

부재

여기, 말을 내뱉지 않고 속으로
화를 들이쉬고 있습니다
싸움이 싫어서도 시간에 참고
또 눈을 화들짝 감습니다

아무 말 하지 않으면 아무런 일도
일어나지 않을 것만 같습니다

지금, 맘을 보이지 않고 겉으로
미소를 그려보고 있습니다
나약한 의지 같으나 나약하기 싫고
참 웃긴 아이러니입니다

아무 말 하지 않으면 아무런 감정
생겨나지 않을 것만 같습니다

그래요,
부재는 부재를 증식하나
오늘은 그 공허가 좋겠습니다

구름의 시

뜬구름 잡아줄 잠자리채가 필요합니다.

독서 끝자락에 결말 이해하지 못하고 찝찝한 여운처럼 떠도는 모양새. 시적 화자에 자신을 투영하지 못하고 밋밋한 연민처럼 겉도는 모양새. 발을 어떻게 디뎌야 할지 잊어버려서 하늘을 비행하고 있으니 이 뜬구름 낚아채 주세요. 두서없이 펼쳐진 마음을 가라앉힐 방법이 필요합니다.

새로운 시집 읽을 용기가 나질 않습니다. 하늘에는 막다른 길목이 없어 이대로 증발하고 죽은 심장을 가진 채 내일을 맞이하게 되었습니다. 감정을 가지게 해준 추억이 없으니 망가지는 것이 좋겠어요. 아름다움을 가진 비밀스러운 시 한 편, 운명의 순간 쥐었다면 그곳에 오래도록 머물 수 있었을 텐데요. 되찾지 못하는 시간에 적절한 시적 허용 찾지 못한 이유로… 지금 어떠한 말도 이어가질 못하겠습니다.

뜬구름 잡아줄 잠자리채가 필요합니다.

바람결

기억을 잃었습니다

바람결 따라 나부끼는 우산
빗물이 들이치고 방황하는 걸음
어디로 돌아가면 찾을 수 있을까

차라리 이별의 고통 간직했으면
몰아치는 허무 피할 수 있었을까

판단을 놓쳤습니다

바람결 따라 나부끼는 우산
빗물이 들이치고 방황하는 걸음
상실을 설명하려면 어떻게 말할까

시간을 멈추고 싶은 바람 넘어
형용할 수 없는 간절함
처음을 되찾고자 하는 순수보다
커다란 고통의 암석

사랑하는 마음 없어도 되겠습니다

바람결 따라 찢어지는 기억
습기가 가득 차고 흐릿해진 시야
어디로 가도 똑같을 것 같습니다

그러니 기억을 버리겠습니다

절정1

막대한 시간 동안에 전쟁은 반복되어
우리들 잔해는 상처이다
후회는 비참하게 돌아올 테니
앞을 바로 보아야 할 때이다

잘못 흘러가는 일도 있으며
잘못 저지르는 일도 있다
어떤 쪽이든 책임에 체하고
약한 의지의 양심이 쌓인다
다짐을 계획하기보다
본능적 오후 잠에 조금 나른해져
난제를 먼저 풀겠다고
자신의 비극은 모른 채 피곤이 쌓인다

잘못됐다
흉터의 크기를 비교하기 위해서 같은
조건이 있어야 하지만
억지로 크기를 키워서 생색내는
명제가 심장에 칼을 꽂는다

Laundry

As laundry is done twice and again,
the real color of cloths shown

Washed black shirts are turned into
grey, that hidden

Dumped that shirts in the trash
and the awful smell crawled out

WE should have been WE

As caring became lazy and again,
the wet grey of truths are shown

Unwashed deep hurts are changed into
trash, like burden

Emptied that dirt with sorry for
twice but the smell-

WE should have learned WE

Hard-Time

Risk is hard task to overcome

with support of long inhale time

There is no more breath left,

shall I request help or not

Each moment need a balance for the next-

Hard means fire which to become

the truth of real burning time

That should be screamed out

shall I request help

Each moment need a time

'Minor to minor,

things would not change easily

Rest for fine death'

Black hole

Delay of the speed is the notice

Shall know the world

which dismiss rule - the advice

Relay of the cause is turbulence

Now face the false which distorted the portrait

Need energy to enlarge strength and

Dive into the hole

Warning of the chaos is the notice

Should know the world

that create mistake over sincere advice

Need extreme energy to survive among

the mess, so dive

Here's the Black hole

That Eye

Falling into that Eye

which cares a stranger, more than I

Sense for the real seems to be blank,

it just talks too much without a gram

However the words: something to think of

That Eye is telling what I am

Starring on that Eye

which knows a stranger, more than I

Detail for the deep seems to be light,

it just makes issue without a rhythm

However the words: all that line is right

That Eye is warning the realism

; I ought to run away for my poem

before collapsing to that Eye

Panic

Couldn't breathe any more to move fine steps

Had to HOLD,

seeking for a chance for treats

Trembling eyes need a space to calm down

and exhale the panic from this stress

Couldn't breathe any more to take away dusts

Had to HOLD,

searching for a time for winds

Sweating hands need a space to cool down

To exhale the panic,

need an understandable answer

But still had to raise hand and ask

do I have a right to have disorder?

Couldn't breathe any more to move fine steps

Had to HIDE,

seeking for another chance for treats

Anger

Why arguing about nothing serious?
Know that's not what you mean,
so we could fix this concern
But the voice become more furious

-negative thoughts over negative
Why upset about the matters?

Why crying about small problems?
Know that's not what you mean,
so we have chance to return
But the talk explodes to mysterious

-negative thoughts over disadvantage
Don't be angry about the matters

Why sensitive to that problems?

.

.

But the voice become more serious

-negative blames over blame

Better stop this argument

We already know that we're reproaching own-self

Sandcastle

This is the climax
Without patterns, little stars are scattered
As the darkness of the blue dawn fades,
the past and the trembling eyes are skimmed
Recalling a chaotic struggles

A sandcastle built with reason faces last farewell
Then the ideal against death cries,
which mad dives into that hollow wind well

The Sun rises quickly
Without mercy, poetic words are divided
as if forcibly scribbling black words
as if seeking artificial but rational meanings
It accelerates at an extreme pace

Poem suffering from fever dig down to hide
Now making a sand grave, closes
the fear carefully until the next low tide

오로라

한 평의 날갯짓은 가능한 줄
알았던 상상으로 두 발이 달라붙는다

어둠을 비춰주는 아름다움 없이
뒤돌아야 볼 수 있는 빛들,
충돌해서 볼 수 있는 빛들 뿐이다

수긍한 아름다움 황홀경일까?
섭리를 넘어서는 호흡, 잘못일까?

한 평의 오로라는 소유한 줄
알았던 상상으로 두 눈이 어지럽다

고통을 덮어주는 아름다움 없이
상실해야 볼 수 있는 빛들,
분열해서 볼 수 있는 빛들 뿐이다

수긍하지 않음은 미친 짓일까?
명제의 아름다움 다 아름다운 것일까?

오로라에서 한 번의 날갯짓하고 싶다

백색왜성

보랏빛으로 물든 얼굴을 바라보며
고요한 소멸의 때가 이렇게 시작된다
혼자만으로 빛난 마음이 식어가며
요란했던 과정의 가치를 물어본다

아무런 설명으로도 채울 수 없는 마음
탓하는 문제였다고 말하고 싶다

보랏빛으로 바랜 티끌이 되어가며
격렬한 인정의 때가 이렇게 다가온다
눈물만으로 빛난 밀도감 되짚으며
마주하는 운명의 선택

어떠한 무엇으로 메꿀 수 없는 마음,
나만의 문제였다고…

감수성으로 바랜 연민을 거부하는
고요한 소멸의 때
힘겹게 지키려 했던 지조를 바라보며
요란했던 과정을 노래로 들어본다

어떠한 우주에서도 채울 수 없는 마음

그것이 문제였다고

별들의 모든 삶이 힘겹게 빛을 낸다

달

그림자가 죽은 밤에
진실을 감춘 그 뒷면
솔직하게 보여 주기를
저항이 있지 않다면
가까이 마주 보게 되니
지금 이 기회를 잡아
그리고 고백해
진심을 숨긴 그 내면
담담하게 꺼내 주기를
중력이 있지 않다면
가벼이 털어놓게 되니
그림자 사라진 밤에
용기가 아니어도 강한
그 빛을 내어 주기를
비밀의 그 궤도 따라
숨겨진 꽃의 감정과
그 모두를 가져올 테니
지금 이 기회를 잡아
그리고 고백해
불행을 감춘 그 뒷면
솔직하게 보여 주기를

어느 곳으로

낯선 빛에 녹아가는 시간
마치 아픈 시간을 약속하듯
현실과 떨어진 지금을 밝힌다

경계한 빛-
지키지 못할 것을 예고하듯
조금 풀어진 긴장감 휘어 잡힌다

초면의 유토피아와 안녕,
지금 거기로 무모히 날아

설레지 못하는 비행의 시간
거부할 수 없는 목적지,
현실과 떨어진 지금을 밝힌다

그곳의 빛-
괜찮지 못할 것을 경고하듯
소모된 의지 완전히 내려놓고

낯선 이별과 안녕,
약속된 세계 만나러 떠나

영화 같은

마지막 춤을 추는 그대
한 발자국이 가지는 의미
너무나 많아서 슬픈 거죠

음악에 맞춰 우는 그대
가사 한 구절에 담는 뜻
누구를 원하는 게 아니죠

멈추는 춤이 아니기를 바람,
끝나지 않는 자유시를 바람

마지막 장면처럼
한 아름다움 가지는 의미
자신은 몰라서 안타깝죠

음악에 맞춰 우는 관객
가사 한 구절이 주는 뜻
그대만큼 알지를 못하지만

모두가 춤을 추는 주인공,
개인의 시를 쓰는 소중한 사람

영화의 정적-
자신의 모습 가까워졌겠죠

두통

떠날 수 없게 만들고
다시 제자리에 앉힌다

질서 전부터 엉망이고
계획은 마음대로…

언제나 갈 수가 없다

떠날 수 있는 기회에
도망치다 돌아와 있다

이제 가기엔 늦었다고
여기가 편하다고…

머리 아픈 일들을 다시 쌓는다

이유 같은 것 없어도
돌고 돌아서 제자리다

언제나 갈 수 없었던
원래 있어야 하는 것들,
두통이다

코미디 같은

감정은 코미디에서 파생되어 말한다

웃기지만 슬픈 상황의 찰나
감정의 격차가 격렬하게 충돌하고
무거워서 털어 내고픈 먼지
가득가득 뿜은 재미뿐이라고

콩트로 가득한 코미디를 찾을 수 없을까

웃기지만 슬픈 존재의 나
가벼운 이름이 사뿐하게 가라앉고
그냥 편하게 버티고픈 호흡
삐그덕 걷는 재미로 살자고

그렇게 코미디 같은 감정에서 살겠다
어차피 회생이 어려운 행성에 갇혔으니
그렇게 살겠다

충전 못 하겠습니다

전원이 켜지지 않고 침묵합니다

소모된 기계들 차갑게 식은 채

무기력한 주인의 정신을 바라봅니다

건조한 열기, 따가운 정전기

그러한 충전이 필요해 보입니다

의지의 불온, 떨어진 자존감

바닥에서 마지막 절정을 알리며…

소모된 마음은 삐딱하게 반응해

무죄의 기계들 전선을 끊습니다

불꽃은 잠깐, 고통도 잠시

충전될 다음으로

찾아가야겠습니다

옷 정리 (난장판)

무책임한 말에 눈 뒤집혀
분노에 헤퍼지지 말고 정리하자
아무렇게 찢긴 옷자락 놓아야
자신을 바라볼 여유가 생긴다

탄성을 잃은 고무줄 놓쳐
웃음으로, 넘기지 말고 정색하자
오래도록 입은 바지를 버려야
현재를 자각할 시간이 온다

관심이 필요하다, 진실한 사랑으로,
쓸데없는 짐 짊어지고 가지 않도록

난장판 같은 굴레에 갇혀
출구만 찾아가지 말고 정리하자
다툼을 부채질하지 말아야
옷방에 바람이 지나가는 틈
느껴지지 않을까

해답이 필요하다, 착하게 사는 법,
옷을 정리하는 노련한 방법

절정2

깊은 생각에 호흡을 멈추어
흩어진 태양빛 파편들을 응시한다
다시 무겁게 호흡을 내뱉어
익숙하지 않은 영롱함을 지운다

잘못 감춰지는 일도 있으며
잘못 숨겨지는 일도 있다
하늘에 붉은색, 빠르게 번지고
개와 늑대의 시간을 알린다
누군가의 기도가 공기에 울리듯
"왜"라는 질문이 무수히 반복되며
마치 오류가 풀리지 않는 듯
모든 사람의 발목을 잡는다

On a rainy day

The sound of raindrops hitting the window makes me childish. I thought lyrics for missing someone on a rainy day was a cliche but it must have been an evasion. I am waiting for someone to call and worry about me as the sound of wind gets stronger. Can't find anyone now as I walk out in the rain. A heavy rain warning is attached, the strong wind doesn't show any signs of calming down and remains longer.

Must look for a way to dry sadness that keeps me foolish. I wish to drop this heart into a puddle on the street where the rain has stopped and wait for the sunlight. I will make it into a snack like crispy dried squid and chew it with beer. Can't find common solution because the feeling is stuffed. It's time to say goodbye to the lyrics that are ringing in ears. Once again, it's time to say farewell for this exhausted heart.

Dear I

This writing will be simple to save

blanks to forget about many rules

Red light stops all the footsteps

and cars pass in smooth order

Every scene moves at right steps

following the rules as if they are rhythm

Better not walk to silly thoughts

but there is some missing rhyme

Red light leads the next step

and accident scratches in rough manner

Truly, this willing better not happen

To all, wonderful, who knows the pain

Oh dear, still thinking of missing rhyme, me

This writing will continue to save

blanks for such wasted existence, I

Reversal

Caught in circle, write an circumscribe

Following the path of limit,
challenge is unaccepted
Searching the way to exit,
change is frustrated in this film

Caught in circumscribe, draw a circle

Escaping the path of unity,
memories will be alerted
Searching the way to exit

: without a single rehearsal,
would reversal may happen in this film?

Caught in circle, draw ordinary square

Walking along the Han river

I wanted to empty my thoughts so walked aimlessly along the Han river. Without going through a filter, thoughts and feelings mixed together. And the wind squeezed into the body to ease the mess. As I hear two sides one by one, I feel weak and sick. This is like loving someone, need to understand and acknowledge each other's faults. However, it is not easy so I blamed myself and walked.

I wanted to have love but was bad at giving trust. Regrets are stocked in the throat, with fragments of broken heart. Now, the stillness grew stronger and it is overgrown like bushes on the river path. I hope this bushes to be cut down and the love to be matured with that pain. How about you?

Let's not get sick, cause life would be like a monster while living alone.

O-Prayer

Dust of dusk, dribble and dwell

The last means sad to all

but could be a suffer too

The last shuts stories of all

then bring the silence O-Prayer

Dust of dusk, dwell and

vanish to pieces of small

But would not be loser

Hush to sound of fall

then burst out praying

O-Will I be heard too?

O-Prayer

Dust of calmness, dribble and dwell

The last means sad to all

but could be the best scene too

So please, hear this small

piece who accepts the ending

O-Prayer

Exoplanet

Irregular I

which turned out to be normal,

was a person among hundreds

Climax pops up in any second

Peace, a weak obsession, is a fatal

wound cause war is right behind

Irregular I

didn't achieved reasons to be a red demon,

was a creature among thousands

Tragedy blows up in any second,

the poor soul knows that this is the wrong destination

Since vicious time would repeat and

Chronos judge Kairos

Exoplanet revive

The obsession of new world is acted again

There, there

Supermassive tragedy is coming, that symbol of Chronos

Accept the difference and stop wrong thought contagion

Going Up the Hill

There is nothing to leave

on the ground

Maybe a pair of shoes

to be found

That an evidence of poor eager,

which have struggled before going up the hill

Struggle was burden to hold

above the gravity

Maybe a pain of shoes

to walk over ability

Things would not change fair enough,

so it's better to choose different nature hill

Imagining that the soul will fly high, high

끝
Ending

1채널

텔레비전 뭐 하는지
궁금하면서
시끄러운 건 싫은 듯
소리를 줄인다

여러 이야기가 흘러가고 웃는데
소파에 이야기는 숨 막힌다

꺾여져서 이제 나약한 과거인데
죽지 못한 불씨, 이유를 들어야겠다

텔레비전 뭐 하는지
궁금하면서

많은 이야기가 벅차오르는 듯

습관에 묻어버린 이름 불러본다

태워져서 재생 안 되는 것뿐인데
채널 돌리듯이 무심하면 안 되지

…

소파에 이야기는 숨 막히고

하나의 의미 복구하지 못하는데
습관에 묻어버린 나, 생각해야겠다

텔레비전 뭐 하는지
궁금하면서
생각이 복잡한 듯
소리를 끈다

그대의 이마에 얹힌 고민이 무겁다는 것을
이해하고 있습니다.

기회가 생긴다면 우주를 함께 비행하며
작아서 답답한 지구 이야기를 나누고 싶습니다.

그럼 그날이 올 때까지 그대가

어두운 날에는 소리 내어 울고 다음 날에
엷은 미소를 지을 수 있기를 기도하겠습니다.

시간을 잃어버린 먼 우주에서
Jeni와 윤소정 드림

I understand
that the troubles on your forehead are heavy.

If there is an opportunity, I would like to
share the story of the small and stuffy earth
while flying in space together. Then, until
that day I will pray.

For you to cry out on a dark day and put on
a faint smile on the next day.

From Jeni and So Jung, Yoon
in the distant universe where time is lost

축하의 말 |

윤소정 시인이 또 시집을 내는군요. 축하합니다.

세상에 시인은 참 많지요.

그러나 시를 열심히 쓰는 시인은 많지 않습니다.

그동안 쉬지 않고 꾸준히 시를 쓴

윤 시인에게 박수를 드립니다.

윤 시인은 불면증에 시달리며 아팠을 때도 시를 썼고

난간에 걸터앉은 아이처럼 외롭고 두려울 때도

시를 생각했지요.

어쩌면 세상의 언어를 알게 된 그날부터

시를 노래했을 겁니다.

늘 시와 함께 벗하며 살아온 날들이 차곡차곡 쌓여

한 권의 시집이 또 탄생하는 것이지요.

진심으로 축하합니다.

늘 지금처럼 붓을 꼭 움켜쥐고 마음 안에 가득한 이야기들

그림처럼 멋지게 풀어내시기를 바랍니다.

그리고 많은 독자에게 널리 널리 읽혀서

향기로운 행복을 나누어 주시기 바랍니다.

시집 출판을 거듭 축하합니다.

시인 박종숙

안녕하세요 , 저의 이름은

초판 1쇄 인쇄	2023년 1월 10일
초판 1쇄 발행	2023년 1월 26일
지은이	윤소정
펴낸이	이장우
편집	송세아 안소라
디자인	theambitious factory
마케팅	시절인연
제작	김소은
관리	김한다 한주연
인쇄	금비PNP
펴낸곳	도서출판 꿈공장플러스
출판등록	제 406-2017-000160호
주소	서울시 성북구 보국문로 16가길 43-20 꿈공장 1층
이메일	ceo@dreambooks.kr
홈페이지	www.dreambooks.kr
인스타그램	@dreambooks.ceo
전화번호	02-6012-2734
팩스	031-624-4527

ISBN	979-11-92134-35-2
정가	12,500원